歌集

埒にいる鳥

寺井淳

砂子屋書房

*目次

装本・倉本　修

歌集

埒にいる鳥

令ムレ和セ

風景に時間が溶けてゐるといふあの雲ならば
天平のそら

voluntary溢るべきこの御世にしてキャッチコピ
ーを和せしむといふ

すさまじき帽を戴きゆく春は楽しき終へめ風
つよくとも

今日の間は楽しくをあらむ諸人は道化の首など折りてかざして

ことばもて和せしむる世も空にありのどかなりしか万葉の月

口々にそよ口々に人をして和せしむる国を生きゆかざらめや

さくらさくら周防の春は流し目をくれてゆくなり厚狭駅あたり

愛着と関心、について

ジュンパ・ラヒリ『わたしのいるところ』による

愛着はあるが私の生き方に関心のない母は一
人泣く

〈いい話〉になりさうなればどちらからとも
なくラジオはオフになしたり

叡智いま苔をまとへる大木の切り株をふみわたりゆくなり

橋の上を揺れつつわたる従順な影を見放けて飽くことなし

人さはにわたりゆけども音のなき影をともなふ魂を思ふも

ぴつたりの靴を探してこの街のこの気まぐれ
な季節をおくる

人生がこなごなに砕かれながら肩の荷おろす
孤独といふは

日のさせるテラスの席に置きたればぬくもり
てゐるペンに書くうた

苦しみや痛みの溶けてゐるといふプールのにごり更衣室にて

この部屋で眠れないとを知りながら信仰のなきつよさにひとり

ふたたびは眠れず暗く明晰な想念はおもむろに滲み出づ

祝祭の遠さをいはば浪ひくきこの海のむかう、
否　国境のむかう

父はかれにふさふ窪みのなかにゐて眠りつづ
けむ今生ものちも

通らなかつた道あり読まなかつた物語あり隠
喩のごとく

ふと還るえらばなかつた道のこと岐れて春の
森に入りにき

ひとつだけえらんだ道におちてゐし椿の花の
かずほどひとり

新しい旗、について

新しい旗にはたぶん新しいうたが画かれてゐるとささやく

ささやきはソフトクリームの溶けるやうな指の谷間にあまさ粘らせ

秋の朝の日の丸見する軒したに宅配ボックスなめくぢらゐる

極めすぎずリラックスせよ、しすぎたり聞いては忘る「大人の抜け感」

砂浜にスマホを置きて目をつむる〈いいね〉疲れの人からうつむき

洗練の極みといはむ旗、旗、旗　解像度ひく
きわが目を嘉す

右手にはすでに黄ばんだ旗があり時の間振り
きやがて忘れむ

カリカリを尻尾のさきに撫でて去る猫の拒絶
はこころ清かり

赤瓦

山に海に風車は殖えて日の本のわれ見てをればば廻るともなし

かざぐるま王女ナウシカそこにゐるといはむばかりに山に佇ちたつ

健気にも電気こさへむかざぐるま海に佇ちた
つ子らに名づけられ

海麻呂といふ名賜はりしかざぐるま人麻呂越
えけむ峠をのぞめる

石見の海角の浦廻を吹きわたる風にこさへむ
電気ゆかしも

巨き風車見下ろす町の赤瓦ごしにみえたる海の色はも

昔むかし夢のながさに夏はあり灼けゐたり緒の瓦の町も

巨き風車を見あぐる町の赤瓦路地には波の音もひびきて

石見焼〈はんど*〉にみつる水は見ゆ北前船の
揺れを湛へて

*はんど：水甕

均衡を崩さむこころ石見焼赤き〈はんど〉の
面のひと掻き

夏はまたカメラびと多し陽に灼かれながく赤
瓦の町に暮らせり

ネットにてみる歳時記よ赭のいろの瓦に雪は
つもり初むなる

オムレツ　――前提の虚偽、について――

問はれゐる「このオムレツのおいしさの秘密
はなにか」全国民が

前提の虚偽をおほひてオムレツが普遍の貌に
たちあらはれゐる

おいしさの秘密といはれとまどつてゐる朝食のオムレツの皿

オムレツは（どのオムレツも）あるときは美味でありまたおそろしく不味い

同調をうながすちから「おいしい」と内心《うち》より湧くを抑へられずも

その問ひに沈黙を強ひらるる者として卵をアレルゲンとする人がゐる

嬉々として問ひにこたへむとする人の口のまはりのケチャップの赤

広告批評「まず総理から戦場へ」征くらむへわが軍〉と告りし人なれば

要するにそれはテロかと問ひたげな顔顔ありて応へ難かり

国民のひとりとしてはモーニングサービスの卵は半熟にして

いづれか凄き

いつこく堂の芸凄きかないつこく堂にならむ
と思ひきめたる青年はなほ

衛星通信音と画面がずれるといふ「芸」思ひ
つきし刹那のよろこび解る

若きタモリの四カ国語麻雀いつこく堂の声ディレイ芸いづれか凄き

ともしびの明智小五郎腹話術に危機を脱する挿話やありけむ

父のするパペットマペットよろこびし二人了ども三十路越えたる

人形にアニマ吹きこむわざあまたつづまりは
ＡＩの人となること

突然変異が進化にあればＡＩの突飛な発想も
突飛にはあらず

「カミはわが口を通じかく言はする」と思は
ねば書けぬことの種々

たたまれてトランクにゐる窮屈を思ひて膝を
抱へい寝し夜

呦《えう》呦《えう》

懐かしき人の訃報をつたへたる朝刊よ前世紀
よりそこにあるごと

懐かしき名前と人を蘇《かへ》らせてこころさわがぬ
遠さにおどろく

灰となりこれの世に遺す桃色の小さき球体
人工股関節

あるじなき寺をおきたるこの里に呦《えう》呦《えう》と鹿は
たれを迎へむ

人跡をのこさむと山門へ八十の石段よいつか
たれか積みたる

〈こころあり〉〈こころをさなし〉辞書の内に
百にあまれるこころかなしも

マーケティングジャーナル

自販機の営業トーク自粛への忖度をするＡＩ載せて

量子論をふまへたといふ人生論　不完全性定理を薬味にまぶし

スニーカーが転売投機うながせば二万ドルなる足元すてき

潤ひや血色感をケアすると男性用カラーリップ（なるほど）

全自動ゴミ箱なるものあればなにを自動化するのかしばし勘《かんが》ふ

美容家電の色もジェンダーレスになる妻のドライヤー拝借しわれは

簡潔なじぶんさがしの徴《しるし》なり〈世界にひとつのオーダー枕〉

膝痛き老いをつどはせ救世主電気ながるる椅子をあきなふ

あなたのための歌をつくるとうるはしきマーケティングの妙をたたへて

「教壇に凶弾に斃る」と例文は〈に〉の用法か〈言論〉のことか

水槽のあをき灯りも滲ませてペットショップの月夜硝子戸

死の影をおもふことなく一畑《いちばた》百貨店へ　県都
に核の、発電所あり

デパートのない県になる

大人はにがて

潔く身を処したりし人来たり笑みて語れば
内《う》心《ち》ほころびぬ

ぬきんでて櫨《はぜ》のあかきはひとりなり理知をつ
らぬき職を退きし人

哲学など問ひたきわれにただ笑ふ「大人はにがてだから。それだけ」

荷風しかり百鬼園しかり一斉に同じことするとにかく嫌ひ

価値相対主義多文化主義を標榜し恣意放埒を正当化せむ

よき人の消息を聞くおほかたは熱く生き来て
いま病みたるを

よき人は努めて已まぬ生業の〈生きがひ〉は
たぶんストレスの別の名

ワイパーも効かなくなりぬ遠く見えし積乱雲
の真下ゆくらむ

校正

校正の文字に手のかげ薄くさし午後のわが窓
冬の日わたる

手書きには書けぬがきみは右顧左眄その身に
呈し階降りてゆく

ことぶれと雨ふりいづる電線に二羽のからす
はうごくともなし

右前足をおろし忘るる猫のなり自意識のふと
めざめたるごと

うるはしき読みが古典を変へゆくとカフカが
セルバンテスを俊成が源氏を

ねずみ用ゴキブリホイホイといふ不可思議な
紙の器がわが家にあり

とりもちに捉へられたる子ネズミよ世間の仕
組み知らざりし子ネズミ

マクベス夫人にわれあらざればねずみ捕りと
りもちの滓《おり》をひたに洗ふも

アヒージョにひたすバゲット妻は指の涙に湿るぬくとさあぢはふ

まどのうちになほすがりゐる椿象《かめむし》の夜のむかうにたつ黄の炎

下死点

やまとには平地少なき道みちを山ゆきめぐる
坂バカ*ゆかし

*「坂バカ」はもちろんほめ言葉

下死点といふ一点が足もとにまぎれなくあり
ペダル踏むとき

ペダル踏むふたつこむらのかく弾み人力に往きとほくまでゆく

旧道をひとり登ればサドルなる熊除けの鈴音に出でたり

天なるや熊に注意の標識も集落は消えともに朽ちたり

廃棄舗装路いつかだれかがこの道をつくりし
と思へばつつしみ越えゆく

山道を曲がれば不意に現はれていま天降《あも》りた
る桜かと見る

ひとときをさざ波なして咲く花のけふ葉桜に
なるべく舞へり

とほき他者をつつむ光に春の日はやまざくら
ゆれ山ごとゆらぐ

向かひ風ペダル重きにあへぐとき言葉は不意
に降りてくるなり

「喝采」

六月の光はまたき夏にしていちばんの虹たてる朝あけ

道化師の昏《むか》きをよぎりオレンジの明るき方のルオーに対ふ

無人駅のホームのへりの濃紫世界はそこに始まるとみゆ

あぢさゐは去りゆきし人かへり来て手押しポンプに水はじく花

濃き色のこの花カンナ「喝采」を唄へる人の駅にも咲きけむ

錆びたレールのうへをあやふく歩みゐるかたはらに咲き夢なるカンナ

まさかこれが日本海かと思ふまで真凪あをぞらあくびサーファー

スマホのなかにふるき写真が喚びださる十二年まへ初夏の夕虹

夕立といふほどもなきにはか雨楊桃《やまもも》散れる道をけぶらす

雨あがり温気はらめる島々は裾を隠して海より浮かぶ

「日本の夏。サボローの夏」といふコピーありて昼寝えんがは花火クハガタ

カラマーゾフ

後姿《うしろで》にモーニングサービスたべてゐる人は文庫をいつしんに読む

背後よりそつとのぞけばこの人はカラマーゾフの下巻にいたる

後姿の左の耳にさがりたる耳の飾りのくすみたる赤

ピアスの色とうなじのしろさ目にのこるその人の性別をしりたればなほ

大審問官のまへの神の子思はせて古木の梅はただ立つてゐる

革命家にわれあらざれば特売の猫のカリカリ
買ひだめにゆく

「ブンガクは可能か」とせちに問はるれば代
入してみむたとへば「アヂサヰ」

可能かと問ふ問ひかたにすでにすでにグロー
バリズムの匂ひのするも

青き背の文庫三巻『湖月抄』そろひてゐたる
市立図書館

記憶を壁に

アンソニー・ドーア『メモリー・ウォール』による

Amazonに中古九千円の本があり記憶を壁に積み上げてゐる

娘の子を膝にはさみて滑りゆく虹またたけば水しぶき浴ぶ

砂浜に拾ひし貝のうす桃はあらたな記憶「これ」と手わたす

あなたたちは子をなすことのかなしみをいとふかく知るがはのジェンダー

ダムに沈む村々に種を蒔いてゆく記憶うづむるはて水漬くまで

植物の眠るあひだにみる夢のはるの空より雨
ふれば覚む

やがてこの茅ぶき屋根のうへをゆく舟あらむ
そこに月しろゆれて

白い僧衣のふるき修道僧のやうな鳥がゐてそ
のこゑの嗄《しはが》れ

左よりゆつくりとくる川の意思みづは速さを
消すふかみどり

台風のひくき気圧を怒るごとゆふべ対岸に低
く啼く牛

帰還

後部座席フルフラットにしてあまたたび転宅の荷のおほかたは本

おそらくは三十年後に棄てられむ昭和ゆ来たれる本にレコード

十七歳の自分と和解するごとし古きＬＰ壁に飾れば

奥付は昭和元禄あのあたり新潮文庫立原正秋

和服を生きるそのうつくしさ哀しさをふたつの国を負ひて書きし人

新潮文庫にクリネキスとは何ものか知らぬ少年時代があつた

百《もも》種《くさ》の契約解除変更をし了へてわれに安き寝《い》は来む

家霊ほどの昏さはないが風呂のふた覆へばなにか背なをよぎれる

捨てあぐむふるきふとんの押し入れに猫はさつさと床をしめたり

トイレの扉あくれば口をあけてゐるシュレディンガーの猫かと思ふ

田中好子の太りじしよきキャンディーズ「微笑がえし」トラックに聴く

「あなたの名前で詩をつくります」と唐様で
貼りだしてある町に還り来ぬ

春空は鳶をあそばせ暮れゆけば黙契のごと藍
したたらす

河はらに錆びたるツバメ自転車の飛びたちか
ねてはつなつの暮れ

利き腕

顔の近くにつぶつぶとまたぶつぶつと猫の寝言は人語のごとし

腕枕しつつ寝たればあごを載せ暖をとるらむ猫と肩凝り

猫にも右利き左利きのあるらしくわが猫はつねに左腕による

耳たぶを吸ひ息を吐く太古より愛の仕草も先達は猫

鼻づまりの猫はさかんにくしやみする人の濁世のうつりたるものか

濡れ雑巾顔になすられたる夢に醒めたりしば
し来し方思ふ

スリープしたるパソコンの上に暖をとる猫の
姿も浮世のかたち

ξ《クサイ》

ことさらに眉整へぬ少年の試験に向かふその
背よろしき

合否なほ誤差のあはひと知れれどもきみ発つ
朝の扉《ドア》は戦く

それと知らずξをペンに試し書きしにけむこ
ともありし思ほゆ

ホタテガヒの殼をあつめて成型すエコチョー
ク業余の粉も降らさず

cleanerをクリーニングするシステムが教室の隅
にありて粉まみれ

〈私の町を愛するわけ〉を書きなづむ自由英
作文の百語に

安吾的添削にして赤ペンのアウトプットに手
は追ひつかず

〈こそばゆいつて何〉と問へれば刮目し妻の
語れるチコちゃんを畏る

しまね海洋館アクアス

アクアスに若者つどふ〈うたしまね〉石見の
くにの吟行会へ

とらはれて水槽にゐるかなしみと詠める傲《おご》り
をさすスタッフは

〈わたしたちは感情移入をしません〉とプロフェショナルの技のすがしさ

とある午後水の粘りをほどかれてトビウヲは知る風の軽さを

極彩のクラゲかはゆし　むかし生徒に海月《みづき》ちやんゐたほよほよとして

ＳＵＫＩＹＡＫＩをうたひし人によく似たる
にきびの青年が開く自販機

自販機のメンテナンス了へ青年はラインアッ
プを春色にする

サーファーのゐぬ波《は》子《し》ビーチアクアスの広き
窓越しよき波が立つ

和え物はカレーの風味春の膳バトウのフライ
舌灼くごとし

回廊のあをきチューブのなかをゆく神話の海
に鱶《ふか》を見あげて

シミチヨロ

手がとまり手がとまり頭はうなだれて額より
墜つ　考査たけなは

陽《ひなた》といふ名に負ふ少女窓辺にて頭上五センチ
あさがほ咲かす

君らの親ももはや知るまいシミチョロのその
つつましき昭和の白さ

桜桃忌驟雨ののちの軒先を歩みいでむとして
ほの明し

真情の籠もりゐるといふまぼろしを街頭にき
くビニール傘さし

雨粒をビニール傘に見てゐしが可算の域を出でて茫たり

借問

湯豆腐を箸にくづせる手のしめり借問す〈明日はいづくにかある〉

月はなほなかばに盈たぬふくらみの胸の奥処に海をはぐくむ

川はやがて蛇行してゆく堤防にながき影ひき
人ら走れる

眼には見ゆ流るともなき河口にて対岸をゆく
一両列車

鈍行はひろき河口をわたりつつ暮れゆくいそ
ぐ iPhone のなか

干満の差とてほどなき河口にて右岸にわたる
橋　その真なか

河口へと日のおちてゆく橋わたりおそ春の
肌理《きめ》よびもどしゐる

西の空に見ゆる叫びを聞いてゐる春の暮るら
む大音響に

絶対音感われになければ鳴き交はす海猫のこゑ　A♭《アス》はどつちだ

口にせばにがくことばはとどこほるキャラメルの箱の扁桃の花

指させば指の明るむみちあらむ明日は杏花の村のむかうに

モーニング

今朝は着む細かりし父のモーニング脚のながさは足らずといへども
たらちをの小さきモーニングにコミットをせむと痩せたるわれならなくに

扉のあけば左にたちて腕をくむ長の娘よ背すぢ凜々しく

娘のよめる手紙のなかにもぢもぢといかにようき人なりけむわれは

それはまあさうだがしかし花嫁の父のやうなる貌してゐたり

バランスを保ちつつくづくマイペースとわが背
正しく子らは見をりき

アウトドアと無縁のわれが堤防を子らと舐め
ゆくアイスの記憶

胸丈の夏草こぎて河原へと出でゆく子らを見
送りたりき

押しかへす草のいきれも足もとの石のとがりもおぼえゐるらむ

我が娘はもCocco《こっこ》を愛す傍目にも生きづらさうな人にありしよ

長の娘よ誰にも似ざることとそれがすなはち〈孤独〉と誉めしことあり

単独者であらむ自覚を保つことの孤独と思へばたかくのぼれよ

箱にいれず厳格でなく淡々と情のうすかる父と思ひしか

対岸ゆふり返りせぬ潔さ父もこのさき持ちてゐたかり

シンガーミシン

秋分のビルの日陰の小野沢勝太郎氏この胸像
はメガネを付けず

手をあげてピンク帽子の園児らゆく二十二世
紀を生きむ君たち

Ａｌｅｘａに「クラシックカフェ」聴きながら洗濯物たたむいつの世のわれ

くろがねのシンガーミシン時折を小さき祖母が来て踏んでゆく

「放送の途中ですが」と差し込まる地震速報午後のバッハへ

トレモロの細き指もて弾く楽のグラナードス
グラナードス地震はゆきしか

救はるるおもひに今日は聴いてゐるカーリー・ジェイ・ジェプセンに屈託のなき

すまほる

眠られぬベッドにすまほるすまほれば妻は寝不足かこてるごとし

岸をけづり被せ右折をするやうに曲がれど川は卑しくあらず

大きく弧を描き本線に入らむとす〈合流注意〉
人の世のごとし

ここはどこうたた寝さむるカフェの椅子に芳
山和子うつむくごとし

放埓な寝ざめのゆめに息つぎもわすれて罵倒
する仇敵を

青天

黄の花はなだりいちめんを覆ひたり十月ゆりの白きにつづき

をととひの雨のぬらせる欅の木したの湿りを新靴にゆく

白げたる朝のつきしろ浮かびゐる神のわづか
なため息のごと

青天に誰も気づかずため息をつきたる神をわ
れはみてゐる

水曜午前コメダ珈琲にみてゐたりスーラの「午
後」の横顔の人

Chinese desert 黄土の土の舞ひたつと予報士のこ
ゑいくぶん高し

Cheese dessert 瀬戸内レモンの色鮮らし大陸から
の風ふくあした

赤心

父祖の墓いづくにあらむ草刈り機払へば細き道みゆるなり

日の本はつつまし父祖の墓の辺のおほき銀杏の実の匂ふかな

墓苑より見おろす町を捲きてゆく川あり川は
西日に照りて

猪の掘り返したる丹の色の土にまみれてひと
つマスクは

一族で国道を山へかへりゆく防災放送のなか
に猿たち

葛の這ふほそき径ゆきすすき原ひろきにいづるごとしこの書《ふみ》

左足から踏み出してよかつたか炎天のドア影を踏みつつ

売り家のふるき内庭に立つてゐる膝まで草の露にぬれつつ

父とともにラーメンすすり〈赤心〉に腹ふくらませゐるごとき昼

「ごゆつくりどうぞ」と言はれていねいに会釈をかへす善き人われは

われも妻も宗教をもたぬといふことに理会のおよぶ親にあらなく

あのね、いまね、しまね。

幾万年水源を抱き濡るる森LOHAS・SDGsなど知らず
高津川水源

幾千の杉をはぐくみ湧きて来し夏もつめたき水を湛へて
水源一本杉

素水くむ八十娘子らの井戸端のこゑさはにす
まほのなかのむらさき

吉賀町蔵木かたくりの里

樟脳にさるる逃れし大樟よ　戦中戦後人の手
により

日原大元神社の樟〈県一の大木〉

花の小山と人の喩ふる総身に牡丹雪つむ大《おほ》平《びら》
桜《ざくら》

水上勉『三隅の桜』

三つの瓶伏せなむとして山が火を噴きし朝より棒立ちの木々

三瓶山小豆原埋没林

人なくは雌雄もなけむ葉ボタンのあか〈晴姿〉しろ〈恋姿〉

正月飾り用紅白の葉ボタン

葦群と霧のむかうになにに鳥か口寄せをするごとき濁み声

宍道湖北岸の葦

烏髪に雪ふりつめば春をまつかたくりの花しろきゆめみむ

烏髪の峯

〈願ひ橋〉はねがひ箸なる伝説のスサノヲを姫のもとに渡しぬ

雲南市斐伊川潜水橋

池を幾万天竺牡丹《ダリア》《のはな》にうめつくす牡丹の苑のその手わざはも

大根島由志園

格付けに興味はなけれ官の上に野のすわりゐる喜ぶあはれ

NHKBS　安来市足立美術館庭園の植栽

あのね、いまね、しまね。といひし神々も去りてきびしき冬支度する

万九千神社　神等去出《からさで》神事

中世の枇杷

マスクなき石見のさくら父母の眠るベッドの
窓も明くす

かどのなき河原温石はらばへばもういいよと
目をつむりたり猫は

降りてくるカラスのこゑに（まだはやい百年
を待てよ）薄目をあけて

過ぐるものとてひとつなき信号の青から青へ
夜の川のむかう

中世の枇杷の葉かげにゐるやうだみどりの傘
に雨をしのいで

枇杷の葉が照りながら雨を弾くおと八百年を
おなじき音に

纜《ともづな》

ためらはず嘘だからつて棄ててゆく曳き舟なれば纜を解き

纜はみるみる解けてためらはず太きボラード離れゆくみゆ

きのふまで売り家でありし物件は山高帽子の
ケムリと消えぬ

雄心のごときハードルは蔵はれてひとつのこ
らず　雨の校庭

したたかな歌人の歌にひたむかふ樋をあふる
る水の音しげく

雨のむかうの陸橋を往くひとくみの女男のさす傘その指の冷え

雨宿りふるき映画に肩をよす閉ぢたる店のせばき軒さきさき

葉をうてば雫する雨われも人も無声映画のなかに濡れゐて

濡れぬれも顔あげゆかむ横さまの雨のなかなる石見を抱き

骨撓ふ傘こそよけれ人の手は片手にかかげ千年かはらず

つくづくととりて棄つべき邪《よこしま》をアクアフィルター雨の日の窓

梅雨空は西よりやがて明るまむひとひあまねく石見をぬらし

水のうくテニスコートが救急車のサイレンをかへし夕月かへす

敦クスレ倫ヲ

倫敦は英国にあり敦《とん》倫《りん》は閨房にありと『子不語』はいへり

人倫を敦《あつ》くたふとみむつみあふ　それなかんづく房事をぞいふ

すきとほる祈りはあれよ聖観音菩薩立像秘仏公開

いとなみに手ざはりはあり祈ること硝子にへだて平安仏は

ふるきふるき説話のなかに継の子は濯げる水を「あな冷や」といふ

封を切りつかひきりカイロに暖めむこころ曝せばおもむろに燃ゆ

自発的に飲食已むる人あまた仏教説話集発心譚に

回心は不意に来たりて食を已む荘厳の蓮踏みゆくところ

淀のかぜ持ち重りして文庫はも手にのこる『仮往生伝試文』

膝を折る総身のおもさ心さへてばなすよしも予後不良といふ

七つの器

滅びよといふ声もはや絶えたのか陸封魚なほ
湖の濃みどり

廃館になつたホテルの非常口消火栓の灯まだ
生きてゐる

消火栓の赤きあかりを目のすみにながき廊下を去ぬる背みおくる

廃墟ホテルのこれもひとつのほろびかたビーチの砂を風は堆みゆく

日替はりの啓示はもとな猫のゐる金言カレンダートイレにかかげ

猫の写真に金言の添ふカレンダードリー・パートンよきことをいふ

〈雨を我慢する人だけが虹をみる〉さつさと虹を渡つてきみは

昔むかし訃報吉報つたへたる黒き電話よ福助《ふくすけ》人形のなりに

虹たてば光を分かつうつはあり七つの器やま
ことのは

near but faraway

仲秋といへばＭａｃへ徒歩立ちの同心をせぬ
影をともなふ
正身《さうじみ》の過去おのづから分身し月光のもと付き
来るあはれ

冷笑をdressingして卑しさは指ずぶずぶとしづむ赤茄子

卑しさのみなもととして指を舐めその冷笑をもちてぞ応ふる

相聞の果てに命を捨つること魂の娯楽のごとくにしけむ

君が代は相聞なればそのはたて相《あひ》対《たい》死《じに》も慮外
にあらず

耳たてて椅子に坐れば猫はときにふくろふの
眼に人世みてゐる

「美しい日本」の横に添ふをとこ顔にケチャ
ップぶちまけられて

これは誰の　死んだ人ではなかつたかあかき
梨むく宵の着信

ふるき日記になにを探してゐたわれか「あな
たが、見つけましたよ」といふ声

near《ニア》 but《バット》 far away《ファラウェイ》　妻の切り分くるバナナシフォン
のうすきとあつき

ネ・コ

喉元にその鼻面を突きあげて「目覚めよ」と
告る休日の猫

神の中にはネコがゐたまふそれのみに猫に帰
依せむ終末の日は

炎昼の軒下に臥し目をつむり風吹けば痩せたる耳にかほあぐ

人よればわが空腹をみたさむ奴か値踏みしてをり臥したるままに

Hamairoといふ海の家窓により波きけば波にサーファーあまた

さだめられその座その座に星ゐるとふるき絵
本に読みてつつまし

パートナーさん

元号に〈自〉のつくもののなきを想ふ家といふ沼に生き来しわれは

送り迎への窓に見放くる島をみてあれ鞍島と父はつぶやく

うつむける父の目なかの鞍島は騎馬の若武者
海わたるらむ

パートナーさんと呼ぶべく呼び名さだまりて
心のどかに人に向かへり

後悔はしてはいないが選択肢すなはち自由お
ほくあらざりき

抱月島村瀧太郎

人を厭ひふるき山道漕ぎゆけばものいはず群れてゐる男郎花《をとこへし》

からうじて見とむるふるき看板は〈ツキノワグマの生息域〉

ながくくだればば汗は冷えつつ喉をゆく焙じた
紅茶そのほの甘さ

日の下にカレーパン食ぶひとりまたソロまた
ぼつち気楽にてよろし

花の名はおほくスマホに教へられ立坪菫の明
きむらさき

スマホアプリは米国産か雑草は雑草として容赦もあらず

解像度日に日にあがる眼をもてば（隠喩としての）名もなき花よ

墓がある　抱月島村瀧太郎「父母みんなの墓」と刻めり
隣には「カチューシャの唄」の碑もあるのだが

かつて田であつた夏草千枚の人の夢揺れゐる
みどりと雲と

みどり濃くふるき石組み苔に埋もれ去にし夢
のみかくうつくしき

ハマスホイ

わが猫よ首輪むらさき孤をたもち自粛は知らね媚ぶるふりはす

護摩焚くとパスタの鍋に投入す伯方天日の塩ひとつかみ

客あらぬ陰陽バスに白しるき運転をする人はてぶくろ

うかうかと卯月皐月を籠もるままにお洒落イタリアン店を閉ぢたり

米粒にわづかな芯ののこりたるアルデンテかみしむるリゾット

門の辺に黄濃きガザニア古民家のこだはりパン舗も人あらずけり

自販機に缶の珈琲あなどれずTully's BLACKとりわきて沁む

それをのみ想ひいださむ初夏のハマスホイみずにおはりしこと

人買ひ舟

はきなれし両の踵の靴の減りにその身をあはせ歩み来る父

人買ひ舟にのせて免許の返納にゆくとこそ父の自由を奪ひ

うなだれて頭のなかのかすみたる楼を見あげてゐる人が父

求められスマホに撮りて送るものの介護保険被保険者証のうすあを

風呂に読む『蹌踉途上吟』おもしろしのぼするまでに父と較べて

われは父をいつ見切りしかいま子より見切られむ父すなはちわれは

わが背丈はるかにこえて鶴《つる》脛《はぎ》の細きからだに昼寝するはや

レンズうつ雪におどろく簡潔な決断は降りてくるなり不意に

指先のほの明かりする野の道にヒトなればさ
むき眠りをひろふ

ひざ小僧どの子もみせて朝をゆく傘の黄色を
雨なればまはし

ゆるやかな後退戦なり十分にたたかひました
かと問ふべくもなし

平和マネキン

腰高に〈平和マネキン〉のトラックがわが前をゆく制限速度まもり

広島ナンバーなれば積みたるマネキンは裸の女男か襤褸《ぼろ》まとふ子か

交差点を左と右にわかれゆく平和を負へるマネキンがゆく

トラックは西へ向かへば影長く赤き夕日のなかに消えゆく

変拍子

腕組みをほどかざるまま目を閉ぢて人生を問はるるごとき試験か

ペンをまはしまたペンをまはし難問にふかく降りゆく君と思ふよ

はつ秋の空にはふるき唄きこゆ頭上の雲の陽
のあたるあたり

につぽんは惚れた腫れたのゆくたてを一の大
事と報せ道《い》ふくに

淵ふかき反語のくににうまれつき新婦の眸を
言祝がざらめ

「あの方が神祀るゆゑウィルスも三舎を避く」
と言祝がざらめ

秋はひびく昼を報する市民歌に変拍子あれば
日ごとおどろき

When I'm sixty-four

前半はやや濃く後半淡かりき昭和三十二年にうまれ

みどりの日こころに沁みて聴くものはWhen I'm sixty-four ひとり車に

喫茶室にイシグロひとつ読み了へて目蓋を圧せば雨音もどる

考現学路上観察熱かりき『東京女子高校制服図鑑』昭和六十年

図鑑のなかに描きとめらるる少女らよ恙あらぬか還暦をまへに

春さればいかなる潮にのりてくる死滅回遊魚
青くかがやき

居心地はさぞわろからむひとりのみ遙か高み
に妻のうたへる

廻廊をめぐる親子に降る雨は百合の花粉の香
を濃くぞする

わが漕げる夢のうちなる自転車は雨の匂ひの
昭和の路地へ

ジェンダーは白き一輪「おとうさんすわつて
用をたしてください」

申し分なき初夏の点景としてスキニーパンツ
に乳母車押し

以下同文

かつて世界のすべてであつた父の手の穂先は
震ふけふわれもまた

ギターの弦かすかに戦《そよ》ぐ青ふかく海渡るこゑ
にこころ戦《をのの》く

桑の実にするごと手を染めひねりつぶし以下
同文と言ひにけらずや

全方位外交のほころぶさまはたとへば猫の爪
を切るとき

猫にする猫撫で声にわが喉は蠕へたり弥縫策
といふといへども

京都駅地下に購ひし香の煙《けむ》日々の厠の中にかぐはし

全き家族

映像の馬場あき子にあはむ博多まで日帰りを
無人駅の秋桜

孤独とはつひにひとりで在ることの矜持なり
シートにふかくうなづく

やがて一人になる（または、する）核家族こ
れもまつたき家族のかたち

いまはまだ身体うごけば一人こそもつとも小
さき家族のかたち

小さきまちの小さき映画館に「パーフェクト
デイズ」妻と並びて

こだはりの強きは自閉症的と分類をされ世に
あはざらむ

彼は歩いていた、二本の足で

G・K・チェスタトン『マンアライヴ』による

得べくんば君は信条を押しつけよ君の階級を
然《し》かするなかれ
永遠のなかで老いゆく惨めさを避《よ》くるため死
が若さをたもつ

人を送り人は無限を切り分けてそのあとに〈永遠〉がうまれぬ

踏み入るる足がためらふ星ひとつおほく映つてゐる水たまり

神なれば死にながら迹《あと》を垂れてゐる真空管の音あたたかく

くにをあげジャムを舐めむとよぢのぼりジャム瓶に墜つ熱心に人は

まちがつた扉を開けて出た場所をただしいと言い張る人を選べる

皇帝《エンペラ》はその国びとの親なればみながら閲兵式として扱ふ

しばらくを港みわたし歩きだす小さな猫の足
して霧は

カール・サンドバーグ

みさき

林なす少年少女おそ秋のなほきみづきだいき
いつきみさき

海流にすぐたつ島のをとめらのきがちがふそ
れはみさきのことか

引く波はくるぶしあらふ静けさに足うらの砂さらひてやまず

岬には椿の原生林がありくだれば波の音も匂ひぬ

いくたびか肩車しきこの子らに風つめたけれ今日の木漏れ日

昭和生まれのこの子を膝にのせて見る一月の
雨冷たかりにき

林の中に物見櫓はぽつねんと淋しき人のわれ
は昇れる

椿にはあらぬ散りぎは山茶花の花敷きつむる
心も昏し

わが子らも親になりたり晩節といふこと思へば背筋をのばす

牡丹雪くびにつめたし長の娘は来るくるくるくる傘をまはして

うづくまる象の背中をのぼり来し蟻のみたもの〈海〉にあひたり

未成線　広浜線・岩日線

ダムのなき川なれば春の高津川鮎の遡らむに
ほひにさそふ

もと赤き廃品の椅子ひとつあるバス停にこの
世の雨をしのぎぬ　ロードバイクで

未成線のあと棒立ちの脚ひとつ橋載るをなほ
半世紀待ち

トンネルへ広浜線を牽いてゆく機関車のみる
べかりし空が

未成線そのトンネルの口ひらく木立をぬけて
風のおとひくし

踏切の徴うつくしきＳＬがけむりをあげて左
向きなり

今世紀はしるべかりしトンネルを鉄橋をなほ
谿ゆく静寂

都こんぶ

たれもいふ〈何もない街〉住みふりて世事に
おくれむよろこびはあれ

ドラッグストアに都こんぶを見かけたり小池
光に逢ひたるごとし

ふるへゐるはしろきティッシュの一葉のわづ
かなる血か　風を視たりき

窓ありて秋をよぶなるあまおとの微かなれど
もたえずいざなふ

邇摩《にま》の海いそにむかひてひろき道をとめ一人をおひこしにけり
釋沼空　大正十三年

沼空の追ひこしにけるをとめひとり映えなき
かされど石に刻まれ

しみわたる人生相談「ドストエフスキー読むこと」「猫をかふこと」

背のたかきハナさん素敵な日本語に「おはやうございました」などとは言はず

丁寧な日本語は切に愛すべし「誰はボタンを押しますか」と問ふ

歩を出だす一瞬よぎるためらひの人生を左右するごとき夕照

秋の陽のやうやくゆくを並びみる漸近をして交はらずけり

メトロノーム

子らと読むなら過剰多義にして曖昧な物語こそ愉しといはめ

あぶられてゐる岩肌ゆ身をはがし光にのりて来るくろき蝶

鯉と風と神の啓示など見するごと互《かた》みに池の面を揺らせり

人のみが美しといふ里山の棚田の面をくすぐる風は

棄てられたる棚田の小さき一枚の禾《か》下《か》にこぼれし汗を思ふも

黄と黒に印象をなせる花虻のまろき尻なり恋
ひざらめやも

木々ほのかかをる校舎の中庭に池ありて映る
あれは誰のかかげ

〈わんちゃんの床屋さん〉といふ看板の色褪
せたればわんちゃんらをらず

合唱の声は響けり階上に生きてゐる子ら今日そこにゐて

空に響くはメトロノームの音ばかりねぢのほどけて夕べ暮れきる

夜の街へ赤信号を駆けてゆく花束かごに自転車少女《をとめ》

持ち時間

定期考査おはれば廊下にあふれ出づるなかに
少年てらゐもあらむ

僕のなかに銀杏のおほふ大時計巻き戻しても
だめか、だらうね

暁のみちに炬火をかかげてゆくといふ旧き誇りをなほ保ちきみは

放課後といふ時間があつてふかみどり黒板にかく名のなかに風

おのもおのも屈託のなき笑顔なり春の歌はるか海の月みづき

秋のフィギュア補助線ひとつ降りくるを待つ
風情にて窓辺の少女

頰はやや血の色さして秋の日の小春もろてに
提げて来つらむ

清しさのみなもとはそこ持ち時間に限りある
こと思ひもよらず

しかしなほ修羅といふには甘やかにすぎ制服のふかき茄子紺

かの日のわれを怒るともなき筆圧に白きチョークは堪らず折れたり

館もの

ぶぅーんぶぅーんと耳鳴りがして目覚めたり
古きエアコンけなげと言はむ
『ドグラ・マグラ』

高校生のわが読みし文庫の虫太郎その黒き館
に自鳴鐘響き
『黒死館殺人事件』

最後の音を鳴らさむとして淵ふかし息とめて聴くこの自鳴琴《オルゴール》

〈犯人〉のわれもひとりか読めどよめど不定のままに『虚無への供物』

探偵の存在理由　無遠慮に「知りたい」と思ふ罪のふかさよ

一行に世界が反転するといふ惹句たちまち世
を創り出づ

あとどんな館にであふことだらう黒死館・十
角館・日々の図書館

漱石の猫の怖さを識らしむる奥泉光メタのは
たてに

夢の墓参道

〈夢の墓参道←〉といふ看板を過りたり夢など見ず眠れかし

終《つ》ひの日に意識のあらば「よくわかりませんでした」といふだらうきつと

秋冷の空あかけれぱ鬼哭くと誰が句によみて
暮るらむ秋か

心ややふかく見えをり霜月のハヅキルーペに
文書く妻よ

ヨガのポーズのまさに手本と筋肉の音さへ伝
へ猫は伸びする

よき歌集

多伎産といへば求めぬいちじくの熟れ実いつつは父母のため

明け方の通り雨あり欅の木わかき緑は圧しにおしあふ

踏切のとほく聞こゆる窓のうちに息子夫婦は
暮らす　どこまでゆく

よき歌集読みたるのちの感情に羨しさはつか
交じりゐることうれし

トイレの砂を均してをれば目のあひつ酒井佑
子を読みたるかおまへ

遠鳴きの犬きこゆれば猫とわれとふと頭あぐ
シンクロをして

合歓は雨のアスファルトにおちくろずめり木
に在るよりもあざやかな花

悪相なれば駅長になれさうもないさび猫眠る
無人駅のベンチ

夜の窓に鏡に向かひ腕を撫す人ら浮かべりそのしたを過ぐ

ピアス見ゆ背面跳びのわかものの頂点にある円きその臍

LATE STYLE

身を延べて日を浴ぶる猫あしびきの山口百恵
「コスモス」のごと

不意に攣る四肢の緩むをみてをればかれは愉
しき夢みるらむか

「群像」に『ピンチランナー調書』読めるこ
ろ肩までこゆる長髪であつた

〈晩年の様式〉を達成したといふサイード、
大江につづきてかれは

下総皖一「たなばたさま」の簡明を継ぎて「戦
場のメリークリスマス」

「前衛ののち美しき音楽」は可能であつたと

いへばうなづく

王冠

かすみたる海なれば初夏の日本海半島を見やるまなこうるめる

海を右にみながら西へ西へゆくかなた半島に日は照るらむか

王冠が似合はないなと思ひつつセクハラでは
と口を噤んだ

美しき亡き妻のこととみなは囀るその王冠が板
につくまで

透明なドームに希望噴き上げてオレンジジュ
ース豊かであつた

うすあをき霧を湛ふるうつは生み白夜の国の硝子工房
イッタラ展

棒立ちの一人芝居は雨の降りことば降る「森の直前の夜」
ベルナール・マリ・コルテス

夜がありき森がありき足踏みいるる〈直前〉を引き伸ばしてぞ台詞あふるる

石段に並び見あぐるベニウツギ若き晩年など
も思ひて

ギフト　——汚物風船ということば、について——

想像のほとほと及ばざるべからざることとして汚物風船

アナウンサーAIの読みすがすがし汚物風船といふその語感

竹槍のかなしさにきつと似てゐむとふとも思へりとほきことなれば

につぽんの「ふ」号兵器はコンニヤクイモの無慮数千トンを徴発すなる

誰がどのやうに誂へあつめけむ汚物を詰めしその手のリアル

廊に撒かれ「裾たへがたく」といはれたる桐壺更衣を蔑する指とくち

国の境を越ゆべき風船ふらふらと揺れてゆくらむ汚物をつるし

情報戦のひとつとぞ思へるらむか鸚鵡はさけぶ〈汚物はギフト〉

人を殺さぬ代はりに汚物を撒きしごとき怒り
も悲しみもつひにわからず

おとしまへといふ嫌なことばをおもひをり東
西黒白南北左右

体感をネットに捨つる現し世に恐怖のきはみ
汚物といふは

蟻の曳く黄蝶のむくろ透明なことばが人を誑《なら》すのだらう

笑ふ千体仏

だめになつてゆく王国の淋しさよ昨夜の夕餉
の菜もおぼえず

夕べの沖へ雲の凝りは色潭く真水にぬれてゐ
む島はみゆ

ナレーションは日本の原風景とやさしくいへり〈原〉とはなにか

管理され洗練された水田の広がる景を〈原〉とは思へず

せめぎあふ山と里との光景のその間《あひ》にゐて人はつつしむ

モノとヒトとの遠野の里のものがたりおとぎばなしのごと憧れき

千体仏ならぶ谷間の羊歯に埋もれパワースポットの標示かたむく

羊歯の葉をかすかに揺らしすぐるものカミかと思へば千体仏わらふ

額割れ地蔵の顔を出すはなし思ひてゐたり薄暮この空

ゆふすげのあづまやは雨やみたればむらさきの陽に傘たたみいづ

だめになつてしまひし王国その端の朽ちたるベンチに夕日送るわれは

この日最後の一輛列車がやがて着く波音をの
せ西へゆくべく

割り切れぬ古さ

赤道零度一本の線をもととしてアフリカの大
略を描けといふ問ひ

自《し》がためと思ひて読みしか傍線のさはにひか
れて『生き延びるためのラカン』

猫は鈴の音をかすかに携へて雨のにほひを帯びて返り来

ディープフェイク一次資料は信憑の強度を担保するやメタ獏

わがこころにとりのこさるるよろこびは巴旦杏をもぐ　きみたちは征け

してほしくないことはせぬ慎みの死者を憐れむ歌はよまない

野放図なわかものがゐてアマデウスその哄笑をともしみて聴く

割りきれぬ古さつまりは〈待たるるも心弱し〉とうべなひ思ふ

縁側

秋の気のま青の下に干せるシャツ猫と見てゐるひと日といはむ

猫の墓コスモス揺るる庭にして生きてゐる猫とわれと草ひく

借家の庭に猫を埋めたるいくばくの後ろめた
さに過ぐるひととせ

縁側といふもののあり窓を開くれば借家なれ
ども日はひたに射す

縁側に仔猫のあたま掻いてゐる遠き世の祖も
てなすやうに

感傷も給餌もすれど生きてゐるこの猫にわれは〈環境〉に過ぎず

喉をなでシャツの揺るるを見てゐしが陽をまぶしみて目はうるみけむ

「洗濯物取り込め」とＡＩは告らむ雨の徴とわが頬をみて

折りたたまれて

自意識を持たざるもののの純真をあひだにはさみ娘と妻がゆく

妻と娘とその子とならび階段を折りたたまれて影はゆくなり

その黒き背に誄《るい》をよむ礼服の影のうすさをお
どろけとこそ

オールドファッションの穴ほどに影うすかり
しその立ち姿嘉せざらめや

よき変節といふもあなるを知らしむと微笑む
白き百合のかたへに

民草のふかき歎きになりかはり瞑日すといふ
態《てい》、の祀りを

「エアコンと鍵をよろしく」声をかけさきに
出でゆくうたを残して

さきにゆくノブの熱さをうしろ手に（振りむ
きたからむ）閉ざしてきみは

埒にゐる鳥

僕は埒にゐる鳥だつた渦を怖れぬあの人をとほく見てゐた

選歌して倦みたる午後をCDの「孤軍」穐吉敏子のピアノ

「人生の真髄を教へてくれる」書評子のそれ
といふのがラノベ

文学館に自筆原稿といふものが遺りゐる世を
過去世といはむ

ワードプロセッサがなくとも書くといふ人の
文業をこそわれは読むべけれ

気配のこし暗がりになほ彳める〈あけがたにくる人〉の横がほ

須賀敦子をおもふ一書を三日かけ読みたりひとり立てるひまはり

岐路にたちうろたふる術もはやなし初夏のこゑひと世喫《きっ》茶《さ》去《こ》

うたに拠る虚ろをふかく識るゆゑに私《ひそか》に淑《よ》しとする人ふたり

感情の現実にふかく負けゆかむ冴えたる比喩も濃きてにをはも
米川千嘉子

目前《まさか》なるうたの虚ろはうべなふも〈濃きてにをは〉を忘れて思へや

あとがき

『埒にいる鳥』は私の第二歌集です。前歌集『聖なるものへ』から四半世紀に近い時間が流れました。とはいうものの、収めた歌のほとんどは、元号でいう時代が平成から令和に変わる頃からの、数年間のものです。この間、生業の定年退職を経て、再任用、非常勤と変わったこと（していることはあまり変わりませんが）、また、両親の加齢にともない実家に居を移したことなど、小さいとは言えない実生活の変化がありました。それらが収めた歌にも反映しており、前歌集との落差にあらためて感慨を覚えます。今日の夕日と昨日の夕日の違いは判然としないのに。二つの歌集の間にある歌たちも、あまり間をおかずにまとめておきたいと思っています。

馬場あき子先生には、孤独というのは誰にも似ていないという独行者の自恃の謂である、ということを学び続けています。また、小高賢さんの叱咤の声に、歌稿を取捨選択しそして手放すという、断念を伴う思い切りを促されてきました。ここにひとつの形にできそうです。とりあえず、やっと。

いつも刺激を与えてくれる「かりん」の皆さま、石見の地で切磋し琢磨する「輪」の皆さま、ありがとうございます。

上梓にかかわるすべてを、砂子屋書房の田村雅之さんにお願いしました。歌集をつくりたいのだが、というメールを送ることが、私の一番の大仕事であったようにも思われます。あとは一瀉千里、どんな舟で流れに載るのか、倉本修さんの装幀も楽しみにしています。

二〇二四年八月

寺井　淳

埒にいる鳥　かりん叢書第四四一篇

二〇二四年十一月二十日初版発行

著　者　寺井　淳
島根県浜田市三隅町三隅一二九二（〒六九九―三二一一）

発行者　田村雅之
発行所　砂子屋書房
東京都千代田区内神田三―四―七（〒一〇一―〇〇四七）
電話　〇三―三二五六―四七〇八　振替　〇〇一三〇―二―九七六三一
URL　http://www.sunagoya.com

組　版　はあどわあく
印　刷　長野印刷商工株式会社
製　本　渋谷文泉閣